O belo e a besta

O belo e a besta

EDUARDO A. A. ALMEIDA

© Moinhos, 2021.
© Eduardo A. A. Almeida, 2021.

Edição:
Camila Araujo & Nathan Matos

Assistente Editorial:
Karol Guerra

Revisão:
Ana Kércia Falconeri Felipe

Capa:
Sergio Ricardo

Ilustrações
Gisele D. Asanuma

Projeto Gráfico e Diagramação:
Luís Otávio Ferreira

Nesta edição, respeitou-se o Novo Acordo Ortográfico da Língua Portuguesa.

Dados Internacionais de Catalogação na Publicação (CIP) de acordo com ISBD

A447b   Almeida, Eduardo A. A.
O belo e a besta / Eduardo A. A. Almeida ; ilustrado por
Gisele D. Asanuma. - Belo Horizonte, MG : Moinhos, 2021.
128 p. : il. ; 14cm x 21cm.
ISBN: 978-65-5681-052-2
1. Literatura brasileira. 2. Contos. 3. Microcontos. I. Asanuma, Gisele D. II. Título.
2021-736
CDD 869.8992301
CDU 821.134.3(81)-34

Elaborado por Vagner Rodolfo da Silva - CRB-8/9410

Índice para catálogo sistemático:
1. Literatura brasileira : Contos 869.8992301
2. Literatura brasileira : Contos 821.134.3(81)-34

Todos os direitos desta edição reservados à
Editora Moinhos — Belo Horizonte — MG
editoramoinhos.com.br | contato@editoramoinhos.com.br

Para minha filhota Lis,
que tanto se encanta com pipitos e outros bichos.

O belo e a besta

Um passeio pela vida animal
com requintes de crueldade.

O humor é o derradeiro ato de dignidade perante o abismo.

Verificação obrigatória — 19

Mapa do parque — 20

1. Voo no zoo — 22

2. O bom selvagem — 23

3. Elefantes incomodam muita gente — 24

4. Sabichões — 26

5. Segurança gato — 27

6. Língua solta — 28

7. Amigo melhor — 29

8. Sai de cima do sofá, José Mayer — 30

9. É proibida a entrada de animais não autorizados — 32

10. Chupa, cabra macho — 33

11. Amolação do carneiro — 35

12. Animal político — 36

13. A diferença entre o animal e o homem — 37

14. Luz, câmera, diversão — 38

15. Homo sacer — 39

16. Antropocentro de zoonoses — 40

17. Psicopatos — 41

18. Viva a vida animal — 42

19. Patologia — 43

20. Estado de exceção ISO 9001 — 44

21. Regulamento Interno — 46

22. Mais que rico — 47

23. Pit bull ataca criança em parque — 48

24. Língua maior que a boca — 49

25. A banca do parque — 50

26. Menu kids — 51

27. Brincadeiras inocentes — 52

28. Retratos — 53

29. Pulga atrás da orelha — 54

30. O animal no espelho — 55

31. Desumanização — 56

32. Objetos não aceitos — 57

33. Cara de cavalo — 58

34. Gatos urbanistas — 59

35. A fábula do sapo na panela — 60

36. Na ponta da língua — 61

37. Homo sapiens — 62

38. Temporada de caça — 63

39. Quando o zoológico não vai a Maomé — 64

40. Homo sapiens II — 65

41. Bicho de sete cabeças — 66

42. Capisce? — 67

43. Panteísmo menos um — 68

44. Hábitos noturnos — 69

45. Bancada ruralista — 70

46. Delação premiada — 71

47. Esta é uma história de tourada em que o touro vence — 72

48. Devir animal — 73

49. A condição humana — 74

50. Cadeia alimentar — 75

51. Storybird — 76

52. Beleza natural — 77

53. Adestramento — 78

54. Museu da animalização — 79

55. Desobediência doméstica — 80

56. Circunflexo — 81

57. Unicórnio — 82

58. Zooterapia — 83

59. Profecia — 84

60. No palanque — 85

61. Canibal geração Z — 86

62. Ostentação — 87

63. Asseio — 88

64. O fascistinha — **89**

65. Teleco — **90**

66. Frio — **91**

67. Língua presa — **92**

68. Instinto empreendedor — **93**

69. Manada — **94**

70. A loja de suvenires do parque — **95**

Panteão / Bestiário — **97**

Risco de extinção — **107**

Bibliofagia — **120**

Os portões se abrem às 10h.

Bem-vindos!
Amiguinhas & amiguinhos,
meus muito estimados.

Preparem-se para uma aventura real
através da crueza da vida
e da morte selvagens.

Caminhem soltos por aí, sem razão
este é um exercício de liberdade assistida.
Só não alimentem os animais, por favor
se puderem.

A natureza é um espetáculo.
Então deixem emergir
o talento da sobrevivência
que resiste em vocês.

A direção.

Verificação obrigatória

Antes de continuar, confirme que é animal, assinalando:

___ Não sou robô.

Mapa do parque

Ao norte, vocês encontrarão feras bonitas e elegantes, tradicionais, bastante educadas e dominantes, realeza do mundo animal. São elas que devoram, atacam, fazem as leis, ditam a ordem e o progresso. A águia, o urso, o leão.

A leste estão espécimes exóticos, que se alimentam de crustáceos e insetos, cachorros quentes e frios. São animais das ilhas, aglomerados e isolados, um desafio conceitual para biólogos de plantão. Não percam o mongol, o ornitorrinco, o pokémon.

Oeste é a terra nova, ainda pouco conhecida, embora muito explorada. Onde os animais vivem de milho, floresta e futebol. Adoram festa. Isso é tudo o que interessa. Se forem lá distante, não deixem de visitar o índio e trocar um espelhinho por outro. Uma foto pela alma. Cobra Norato, tucano, fulano-beltrano.

O sul é o nosso norte, onde nada existe senão o frio e os animais do frio, a neve e os animais da neve, a solidão completa e os cientistas. Prefira visitar essa área enquanto é dia. Pinguim, pingulim, plim plim.

Quem habita o centro é a fera mais medonha, perversa e traiçoeira, que passa despercebida de si mesma, sempre pronta para o bote. Se vocês devem ter cuidado durante a jornada, estimados amigos, é com o bom selvagem que habita o seu interior. Todos os olhos estarão voltados para ele.

Toaletes e cafés se encontram próximos das principais atrações. Visite nossas lojas e leve boas recordações desta experiência fantástica. Mostrem os dentes, vocês estão sendo filmados.

O restaurante funciona das 12h às 15h diariamente. Temos pratos herbívoros.

1.
Voo no zoo

Entre escaravelhos, cronópios e bumbam meus bois, entre macunaímas, utopias e botos cor-de-rosa, havia aquela girafinha. Sim, eu a via. E ela voava! Baixo para uma girafa, alto o bastante para uma girafinha. Toda aquela liberdade frouxa nos céus! Coisa bonita de se ver, a girafinha. Depois pousava no galho. Bem ali, naquele galho, é. Entre gatos pardos e folhas de relva, entre nenúfares e tritões. Tantas árvores frondosas dentro da sua jaula e ela preferia a menor, mais próxima das grades de aço, de onde esticava a cabeça e comia amendoins nas mãos dos visitantes. Toda a gente de bem. Os cidadãos e citadinhos. Tinha o jabuti, o rinosoro, o macaco-prego. Tinha a girafinha, coisa linda! Voava, pousava, comia os amendoins. Mascava junto uns dedinhos, os visitantes nem faziam questão, a gente boa. Croque croque, monsieur; croque croque, madame; croque como o crocodilo faziam falanges e metacarpos na mandíbula da girafinha. Que língua enorme!, admiravam-se os puritanos. Que esfomeadinha! Quando a família notava os cotoquinhos restantes na mão direita do papai, na mão esquerda da mamãe, nas mãos conjuntadas dos filhotinhos, todos achavam graça, riam das travessuras da girafinha. Ela voava de alegria. As famílias, fiéis, voltavam sempre. Pois adoravam esticar amendoins para dentro da jaula e alimentar a girafinha, mesmo que a maioria caísse por entre os dedos que já não existiam. A girafinha tinha um longo pescoço para alcançá-los no chão. A cada dia sua vivacidade era maior e maior. A cada dia voava mais e mais alto, mais alto do que as árvores, mais alto do que as grades de aço. O que nos deixou senão o vazio?

2.
O bom selvagem

Seguindo instruções do advogado manterá silêncio durante a sessão.

Então, o senhor nega as acusações?

3.
Elefantes incomodam muita gente

Foram caçar elefantes. Quantos elefantes? Muitos elefantes. Tantos? Elefantes mil! Por quê? Ora, os elefantes incomodam muita gente. Quais elefantes? Os elefantes brancos, elefantes machos, elefantes dominantes, elefantes manifestantes, elefantes que se acham os maiores, elefantes assassinos, elefantes brutamontes, elefantes de terno e gravata, elefantes de saia rodada, elefantes de toga, elefantes de folga, elefantes da vez. Elefantes gigantes, elefantes-pequinês, elefantes irritantes, elefantes relaxantes, elefantes motorizados, elefantes embriagados, elefantes fiscais do Imposto de Renda. Elefantes que não deixam mentir, elefantes delatores, elefantes que nunca esquecem. Um absurdo de excelência, elefante! Elefantes de ultraje, elefantes de recurso, elefantes de apelação. Elefantes certificados, elefantes pós-graduados, elefantes fora do padrão. Elefantes donos-da-verdade, empresários elefantes, elefantes gestores, ministros da elefantíase, elefantes horrores. Elefantes de circo, elefantes-plateia, elefantes impraticáveis. Elefantes comunistas, elefantes neoliberais, elefantes fascistas, elefantes falantes e elefantes faltantes. Elefantes traficantes, elefantes heróis, elefantes de fuzil, elefantes de paus e pedras, elefantes especialistas, elefantes turistas, elefantes-bomba. Todos os elefantes caçados. As presas feitas joias, as cabeças feitas troféus, a carne feita banquete. Quer caçar elefantes? Veja como é fácil: vá até uma loja de espingardas de caçar elefantes, compre uma de bom calibre, pague ao elefante vendedor com algumas balas. Recarregue a espingarda para o congresso dos E-20. Atire no elefante mais ágil primeiro. Depois no mais feroz. O terceiro tiro será no elefante que mais merece. Depois atire em todos os outros elefantes a seu bel-prazer. É politicamente correto? Evidente. Tudo é permitido se houver um bom motivo, diz a lei da selva.

4.
Sabichões

Eles sabem de alguma coisa que eu não sei. Aquela mulher carregando guarda-chuva debaixo deste solão, tá vendo? Com certeza é porque sabe alguma coisa que eu não sei. O careca ali no banco, ele olha para cá meio de canto, folheia um livreto para disfarçar. Ele sabe e não me conta. Maldito. A molecada da escola passa às 10h15 rente à grade, riem de mim, estão sabendo das coisas. Sacam o celular, escrevem lá para todo mundo saber também, menos eu. Vou fazer o quê? Não tenho como saber nada. Os dois gorilas de branco dizem que também não sabem, mas é mentira. E pior: eles sabem que eu não sei. O gordo suado e o cara de paisagem. Eles têm certeza.

5.
Segurança gato

Atirei o pau no segurança ga-to-to
Mas o segurança ga-to-to
Não morreu-rreu-rreu
Pulei de sal-to-to
A catraqui-nha-nha
Ele correu, com cassetete
Me lambeu.
Miau.

Eu tirei fotografi-a-a
Com o segurança ga-to-to
Do metrô-trô-trô
Minha amigui-nha-nha
Quis protestar-tar-tar
Botou as garras nela,
Puxei o berro, ele piou.
Uau.

6.
Língua solta

Cuidado aí, é um precipício, tá ouvindo? Bem na sua frente! Não fica olhando para cá, olha onde pisa, é um barranco de verdade! Você também, mulher. Não fica me olhando como se nunca tivesse visto, presta atenção na trilha. Olhem para frente, vocês dois! Para a frente! Parem, parem, parem aí mesmo, puta que pariu! Nem um passo a mais. Idiotas!

Antes de despencarem, o homem comentava com a esposa: que chimpanzé agitado!

7.
Amigo melhor

As suas patinhas girando de alegria, o sorriso fixo na cara, a língua rosada como chiclete. Tão obediente, sem sarna para coçar. E perfumado! Cheira a aromatizante de tutti-frutti. Bom menino. Não tem raiva, principalmente de mim. Passeia livre pela grama sintética do meu jardim de inverno, não sai de casa por nada. Adora o vasinho de violetas em cima da pia, finge que nelas faz xixi. Come tão pouco! Quer se manter esbelto e peralta. Vamos lá, mostre o que sabe fazer: um latido para não, dois para sim, previamente programados para evitar surpresas. Atestado pelo Inmetro. Au-au. Ah, meu querido, a vida era tão monótona! Agora não há dia sem diversão, sobram motivos para largar tudo e brincar com você. Quero crescer ao seu lado, meu amigo para sempre. Que raça é a sua? Não encontro no manual. Ah, quem se importa com racismos? Pura esperteza, rosna em 28 idiomas, basta puxar as orelhinhas. Uma batida de palmas o faz calar. Para correr atrás do rabo, tire o ossinho da boca. Cansou? Não tem problema, insiro novas pilhas. Ai, me perdoa. Doeu?

8.
Sai de cima do sofá, José Mayer

Para o cãozinho José, de Filipe Souza Leão e Roberta Sanchez

Vai estragar o tecido. Larga agora mesmo, tá achando que é brinquedo? Ah, José Mayer, eu acabei de limpar... Que sujeira é essa? Já falei para você não morder, não é assim que brinca. Não pula desse jeito, tá maluco? Se eu não seguro, você se espatifa no chão. Dói um pouquinho, seja forte, é pro seu bem. Se você se comportar, compro McDonald's depois da vacina. Meu herói! Dá um beijinho na mamãe, dá? Amo você mais que tudo nessa vida! Acorda, menino! Vamos passear? Tá um dia lindo, olha esse sol! Que é que tá coçando, José Mayer? Deixa eu ver. É picada de inseto, falei pra você não brincar na grama. Puxou a mim, foi? Se piso aí, meu pé fica redondo que nem um pão francês. Ah, José Mayer, eu acabei de limpar... Que sujeira é essa? Almoço tá na mesa, José Mayer. Tá com fome, é? Também, do jeito que correu naquele parque! Não sei de onde vem tanta energia. Vem cá, faz um carinho que a mamãe tá carente. Ah, José Mayer, não fosse você, minha vida não teria a menor graça. Você viu aquele ali? Tadinho. É pra você dar valor, nem todo mundo tem uma família feliz como a nossa. Você tem é que agradecer. Como uma pessoa consegue ser cruel desse jeito? Parece bicho. Vem, José Mayer, não fica olhando, não é problema nosso. Aqui, José Mayer, fica perto. Já não falei pra você não correr lá longe, ô endiabrado? Qualquer dia um sequestrador leva você e não devolve mais. Já pensou?

Ave Maria Jesus Me Livre. Que graça, parece um anjinho quando dorme. Vem cá, me conta, o que você aprendeu com os coleguinhas hoje? De novo? Mas não é possível! Sai de cima do sofá, José Mayer! Não é pra pular aí, quer ficar de castigo? Quantas vezes preciso falar pra você entender?

9.
É proibida a entrada de animais não autorizados

Não insista.

10.
Chupa, cabra macho

– O que é isso aí no pescoço?
– Como assim?
– Deixa eu ver. Tá roxo.
– Muito?
– Um pouco.
– Bati em algum lugar?
– Você não lembra?
– Deve ter sido sem querer, sou tão estabanada.
– Mas no pescoço?
– Vai saber...
– Tá escondendo algo de mim, mulher?
– Escondendo o quê?
– Muito estranha essa marca.
– Quem dera!
– Tá querendo dizer o quê?
– Nada, nada. Deve ser um vasinho rompido.
– Você não tem nada mesmo pra dizer?
– Nadinha.
– Certo. Você não quer motivo de verdade pra hematoma, né?
– Que neura! Pode parar!
– Só tô dizendo que acho estranho.

Passou a semana seguinte interrogando vizinhos, parentes, amigos, colegas de trabalho, porteiro, garçom de boteco, manicure, padre, pastor, preto velho. Procurou no supermercado, na praia, no metrô, no obituário, no salão de festas do prédio. Uns disseram ter visto alguém suspeito, outros juraram de pés juntos que era verdade. Nenhuma prova apareceu, fica difícil acreditar numa coisa dessas. O bilhete no chifre não dava pistas: Fui abduzida, até nunca mais.

11.
Amolação do carneiro

Já estava de saco cheio quando a gorda
Mimosa, do bezerro de ouro, veio
dizer asneiras sobre a revolução dos bichos.

12.
Animal político

Não é justo que seja um porco capitalista – por que é sempre o porco? Por que o lobo é mau? A cobra, pérfida? O tubarão, voraz? Por que a raposa é esperta, a hiena é cruel, a piranha é traiçoeira? Por que o gato é aproveitador, o jacaré é calculista, o corrupto tão obviamente corrupto? Ouça o que eu canto em alto e bom som: deve-se investigar o peixinho dourado! Vocês não percebem o olhar, fingindo-se de morto? Pura encenação. Também existe algo suspeito no abanar de rabo do cachorro, ele quer desviar a atenção dos fatos. O papo fácil do papagaio, a calma despreocupada do jabuti, o canguru vira-casaca. O coala está tramando pra cima de nós! A vaquinha rumina vingança. Os pandas terroristas, cavalos-marinhos guerrilheiros, pôneis chantagistas. Os canários são lobistas, todos eles. Muito espertos, disfarçam bem. As girafas, interesseiras de marca maior. Esquilos são aproveitadores cretinos. Flamingos, filhinhos de papai preconceituosos. Estrelas do mar comandam o tráfico. É! Quer saber?, carneirinhos não têm nada de fofos, eles abusam de filhotes. Os tucanos roubam merenda escolar. Borboletas desviam dinheiro de creche, preguiças superfaturam obras do metrô, cegonhas cortam verba de maternidade, joaninhas estão desmatando a Amazônia. Enquanto isso, aqueles malditos golfinhos, burocratas por natureza, empatam os projetos de lei por conta de seus interesses individuais. Ô, raça! Prometo que entrego todos eles, se fecharmos um acordo. Eu tenho provas!

13.
A diferença entre o animal e o homem

É:
O animal tem língua.
O homem, linguagem.

Estamos ditos, podem voltar para a toca.
Até a próxima aula.

14.
Luz, câmera, diversão

Chegaram os Lindos Coelhinhos Fofinhos prontos para você apertar e amar! Peça para um adulto retirar o seu Lindo Coelhinho Fofinho da embalagem e pronto, você já pode apertar e amar! Lindo Coelhinho Fofinho é o lançamento mais aguardado destas férias. Ele come, dorme e faz xixi de verdade! Invente mil e uma histórias com o seu Lindo Coelhinho Fofinho. Dá para brincar de casinha, escolinha e fazendinha. Jogue seu Lindo Coelhinho Fofinho para o alto, agarre-o em plena queda e abrace-o com força para ouvir seu coração bater acelerado de tanta felicidade. Ele também ama você! E são várias opções para colecionar: tem branco, preto, pink, laranja-lima e azul-fusquinha retrô. Tem também a edição especial Kac, que brilha no escuro, e o Lindo Coelhinho Fofinho de Páscoa, com cheirinho natural de chocolate. Humm! Lindos Coelhinhos Fofinhos são ecossustentáveis. Quando o seu Lindo Coelhinho Fofinho quebrar, coloque-o na máquina de lavar roupas e ele gira, gira, gira. Seque-o no micro-ondas e ele gira, gira, gira. Brinque com ele de master chef kids, servindo-o com purê de maçãs no centro da mesa, e ele está pronto para a família inteira se deliciar e amar! Humm! Lindos Coelhinhos Fofinhos. Uma graça de brinquedo da ToysAreUs. Já nas melhores lojas.

15.
Homo sacer

Foi amamentado por uma loba, segundo especialistas. Passava de galho em galho, dependurando-se com cipós. Na falta de televisão, conversava com macacos. E só. Por que parece tão amuado agora? Mal-agradecido! Tem uma cela só para você, recebe nutrição balanceada, trabalha quase nada por dia. Quer mais o quê? Corria risco de extinção, agora está sob nossa tutela, vai extinguir-se sem risco nenhum. Foi despido das ameaças da vida selvagem. Hoje pertence à civilização! Coisa linda de se ver. Das 10h às 17h30, com intervalo de uma hora para almoço. Trate de se animar, aperte o nó da gravata, cumpra seus deveres com orgulho. Muitos gostariam de estar no seu lugar e ser tratados com humanidade. Venha cá, tome estes antidepressivos, bote o sorriso no rosto e seja feliz. Os turistas estão chegando.

16.
Antropocentro de zoonoses

Verdadeiro programa social:
recupera homens vira-latas
da rua, sem terem o que comer

Dá a eles nova oportunidade,
transformação radical,
sabonetes da Natura

Tipo exportação
para inglês ver obras-primas
da indústria nacional.

17.
Psicopatos

Todo equinócio de outono
eles migram para bem longe
da cena do crime.

18.
Viva a vida animal

Uma verdadeira experiência!

– Como funciona?

– Bom dia! É muito simples: nós colocamos estes eletrodos no seu corpo e no animal de sua preferência. São todas aquelas opções para escolher. Então eu aperto este botão e o dispositivo troca as consciências de corpo. Durante dez minutos, você viverá a incrível experiência de ser um animal! Esta atração é bônus e não está incluída no bilhete principal.

– Custa caro assim?

– Nós usamos animais descartáveis de altíssima qualidade. Eles são abatidos logo após a incrível experiência de viver a vida animal!

– Ok, paciência. Quero ser o porco!

Click. Zuuum. Óic, óic.

Possuído, o porco corre de um lado para o outro, peida, rola na lama, afugenta os outros animais, come cocô, bebe cerveja, tenta montar uma potranca, toca o terror na zootecnia.

O homem, por sua vez, fica parado durante nove minutos e meio, apenas observando a porcaria. Então retira os eletrodos, agradece a atendente e se despede com uma gentileza nunca vista.

19.
Patologia

– Quanto tempo de vida, doutor?
– Até a hora do almoço.

20.
Estado de exceção ISO 9001

Enfim a garra mecânica se fecha ao redor do meu pescoço, a sua força exata que não estrangula nem deixa fugir, tamanha a precisão do mecanismo. Altíssima tecnologia, eu tenho certeza, ainda que não consiga abaixar a cabeça o suficiente para ver meus pés bailarem acima dos não escolhidos. Adeus! A cadeia produtiva vai à frente, assim como é longa a fila de camaradas atrás de mim. São amigos de criação, considero todos a minha família. Seguimos juntos, carregados para dentro do grande processador. Alguns são loiros, outros são morenos como eu. Alguns crescidos, outros baixotes como eu. Percebo agora que não formamos uma safra muito selecionada. Meu sonho é ser gourmet. Será que não me realizarão? Não fosse a garra, giraria a cabeça e perguntaria a opinião do próximo da fila. Bom, vou levando como é possível. Aliás, vou sendo levado para dentro da câmara de abate e para longe dos olhos dos visitantes, poupados da serra que nos abre a jugular antes de soltar, um a um, no grande moedor. Não sinto pânico para não enrijecer a carne, não sinto dor para não amargar o sangue. A moenda também é rápida e impecável. Meu sonho de ser um bife suculento acaba triturado, mas talvez ainda façam de mim um hambúrguer artesanal. Não tenho como afirmar que a esperança morrerá por último, mas a danada sobreviveu a mim, isso é fato. Fico satisfeito por saber que sou inteirinho aproveitado, com exceção dos pelos e cabelos, meio indigestos. O restante – vísceras, ossos e pele, inclusive – vira uma maçaroca rosada, que depois é moldada e pré-cozida. Sou light e saboroso na medida certa, valeu o esforço de manter a capa de gordura ao redor da cintura, o colesterol no limite do aceitável. Se não for gastronomia artesanal, que façam de mim uma receita assinada por chef famoso. Numa hora dessas, até Ana Maria Braga já seria alguma coisa. Porque a ração nojenta que devorei durante a vida agora me embrulha o ex-estômago transformado em pesadelo: fizeram de mim um mero nugget! Empanado em farinha de soja transgênica, a ser frito ou cozido conforme a dieta do animal que alimentarei. Volto à luz e os visitantes do parque mais uma vez me encaram, boquiabertos. É mesmo mágico: humanos inteiros entram num lado da máquina e saem do outro padronizados, etiquetados e embalados. Controle de qualidade com certificação tipo exportação: em momento algum somos manipulados, o processo é completamente automatizado. Avançadíssima tecnologia industrial. Meu sonho era servir ao Rei. Aguardo, suando de ansiedade na caixinha fast-food, no máximo quatro minutos ali dentro para não murchar a casquinha crocante. Quem abre a tampa, que triste!, é um gato de rua. A humilhação final ainda está por vir: prendo a respiração para ser mergulhado num molho barbecue sem-vergonha, glucose de milho adocicada demais, que mascara meu suave toque de ervas finas.

21.
Regulamento Interno

Art. 14 – Animais

§ 3º – Em hipótese alguma o animal poderá incomodar os demais condôminos.

22.
Mais que rico

Entre os mistérios do mundo animal, talvez o mais misterioso seja a vida secreta do Ornitorrico. O que há de misterioso e secreto em vida tão exposta nas capas de revista, tão compartilhada nas redes sociais, tão falada nas colunas de fofoca? Todos desejam a fama e a fortuna do Ornitorrico. Milhões de fãs mundo afora, seguidores virtuais e perseguidores reais. Ser Ornitorrico é sucesso, supõem alguns; o topo da cadeia, afirmam outros. É tudo de bom: ter acesso aos eventos badalados, ter os privilégios da alta sociedade, frequentar os ninhos da riqueza e realeza. Quem, afinal, é o sujeito por trás do bico? Quem se esconde por debaixo daquela pelagem lustrosa? O que seu rabo pomposo esconde entre as pernas? E suas patas, têm garras afiadas ou nadadeiras acolhedoras? Real ou ficção?

O Ornitorrico permanece um mistério para nós, reles animais mortais, que suspiramos ao vê-lo na televisão. O Ornitorrico na propaganda de perfume, mocinho da novela das nove, simpatia entrevistada por Ronnie Von. Se não é tal como o vemos, deve ser ainda melhor. Ai, ai.

23.
Pit bull ataca criança em parque

Câmeras de segurança de um mercado próximo ao Parque Municipal flagraram o momento em que o cachorro do engenheiro Tobias Gullar atacou a menina Alice, de cinco anos de idade, quando brincava no escorregador. Ela sofreu uma mordida na cabeça. O animal fugiu sem prestar socorro.

24.
Língua maior que a boca

O capitão, quando eles vieram, estava sentado em uma cadeira, uma alcatifa aos pés como estrado, e bem-vestido, com um colar de ouro mui grande ao pescoço. Sancho de Tovar, Simão de Miranda, Nicolau Coelho, Aires Correia e Pero Vaz de Caminha, entre outros, na nau estávamos. Acenderam-se as tochas. Os pelados de arco e setas entraram e não fizeram nenhuma menção de cortesia, nem de falar ao capitão nem a ninguém. Porém um deles pôs olho no colar do capitão, e começou a acenar para a terra e depois para o colar, como que nos dizia que em terra havia ouro. Viu também um castiçal de prata, e assim mesmo acenava para a terra e então para o castiçal, como se houvesse também prata. Apontou em minha direção e depois para a terra, como que a dizer que em Monte Pascal havia papagaios. Cara-parda-dedo-duro-filho-de-uma-puta. Desceram os navegantes à terra, colheram o ouro e a prata, deitaram com as índias e plantaram os índios debaixo de sete palmos, escravizaram meus irmãos, os mui próximos e mui distantes. Contrariamos a extinção, é verdade, pois aprendemos, os nossos poucos sobreviventes, a baixar a cabeça e a repetir palavras de ordem em troca de biscoito. Lôro-lôro-teu-rabo!

25.
A banca do parque

Temos jornal para cachorros.

26.
Menu kids

Aviso:
crianças a partir de 3 anos
estão incluídas no buffet
R$ 30,00 cada
+ suco e sobremesa.

27.
Brincadeiras inocentes

Têm a mesma idade. O menino corre e o gato vai atrás. O gato percorre e o menino o segue. O menino se esconde e o gato sai à caça. O gato trepa nos móveis e o menino o imita. O menino rola de um canto ao outro, o gato saltita ao seu lado, depois observa, depois se enrosca entre as pernas do menino e ronrona. O gato aceita afagos e cafunés, fica com o pelo eriçado. O menino ri, tamanha é a sua alegria. O gato sempre brinca com as suas vítimas.

28.
Retratos

Uma das atrações mais concorridas do parque é o polvo Paul, que pinta caricaturas abstratas em guardanapos timbrados. Ficam iguaizinhas aos retratados, que nelas veem o futuro. Levam menos de cinco minutos. Gostaria de fazer a sua? Ainda temos horários disponíveis.

29.
Pulga atrás da orelha

Dizem os entendidos que Baleia
por sensível, hábil e generosa
foi humanizada

Que nada!
Eles é que foram domesticados
a entender assim

Conforme escreveu sua Graça,
Baleia era cadela
tanto quanto sua família
vira-lata.

30.
O animal no espelho

Para que estas orelhas tão grandes?
São para ouvir melhor.
Para que focinho protuberante?
Para cheirar melhor.
Para que olhos tão argutos?
São para ver melhor.
Para que boca tão ampla?
Para falar mal. Para falar muito mal.

31.
Desumanização

Inverteram o sentido
do microscópio
e, quem diria!
o cão tornou-se, enfim,
um animal

Não mais Rex ou Tobi,
não mais *Canis Lupus Familiaris*

Um animal a latir, rosnar e botar
seus observadores em fuga.

32.
Objetos não aceitos

De acordo com o previsto no artigo 13 da lei 6.538/78, não será aceito nem entregue pela ECT:

VI – Animal vivo, exceto os admitidos em convenção internacional ratificada pelo Brasil;

VIII – Animal morto;

XII – Ossos humanos e de animais;

XIII – Cinzas humanas ou de animais, exceto restos mortais humanos provenientes de incineração (cremação).

33.
Cara de cavalo

Para Hélio Oiticica

Seja animal
Seja herói

34.
Gatos urbanistas

Em nosso escritório de arquitetura
a equipe passa o dia tentando
conceber as mais belas maquetes
Somos uma civilização
que ama design,
tentamos mudar o mundo
com novos modelos

Em nosso escritório de arquitetura
há oito gatos que de noite
destroem as nossas maquetes
São rápidos, atacam
inclusive enquanto fazemos planos
para a cidade. Tudo muito lindo
à disposição deles.

35.
A fábula do sapo na panela

Um sapo injuriado vive na panela com água até o pescoço. A cada dia o Reino Animal revoga um direito seu. A partir de hoje, conforme Decreto de Lei n.º 8, o sapo não pode mais isso. Amanhã, conforme novo Decreto, não poderá mais aquilo. Assim vive o sapo em sua panela, jururu da vida, torcendo para não ir pro brejo. Embora não deixe sua panela por nada neste mundo, as notícias chegam a ele via bochichos e cochichos. A cada direito revogado, o sapo fica mais enraivecido, o clima esquenta e a temperatura da água sobe. A cada dia o sapo tem um direito a menos e um grau centígrado a mais na panela. O que fazer? Ele se acostuma com a situação e toca a vida. Seu tempo saltita com altivez. Porém a febre é implacável. A um dia de morrer cozido na própria fúria, o sapo blasfema contra o Rei Leão. De dentro da sua panela, ele coaxa em alto e bom som e num baixo e mordaz calão. Na manhã seguinte o avisam de que está proibido vir a óbito sem prévio consentimento do Rei e sem pagar os devidos impostos. O sapo fica vermelho de raiva. É sepultado como desacato.

36.
Na ponta da língua

Isso que você chama de boi
na minha língua é bife.

37.
Homo sapiens

Espécie extinta
que vive ainda
na modernidade
das cavernas.

38.
Temporada de caça

Existe, pois, este dilema
para toda a vida, enquanto durar:
a fuga deixa rastros,
vestígios e pegadas, que basta seguir
para me caçar. Entretanto
se desisto e estanco
o meu sangue correrá
mais rápido que o desejo
desenfreado
daqueles soldados
para quem não passo de um rato
a ser ex-
terminado.

39.
Quando o zoológico não vai a Maomé

— Olha só, Josué. Lá vem mais uma família. O que me diz?
— É a mulher que manda. O marido está junto só para carregar a cesta de piquenique.
— E o menino?
— Certeza que sofre bullying, maior cara de bocó.
— A irmãzinha tem jeito de pentelha.
— Mimada. Deve ser única criança fêmea na família.
— Vou fazer eles tirarem foto, quer ver?
— De novo? Você não cansa?
— Não. Passa essa banana aí. Ei, paspalhos, olhem só como tucano come banana!

— Rá, rá, rá. Eles caíram, pode parar com a macaquice.
— Incrível como todos caem. São previsíveis demais.
— Adoro este lugar, Afonso. Sempre tem um otário para a gente sacanear.
— Olha só, lá vem um casal de velhinhos.
— Ah, que droga. Eles demoram demais para bater a foto. Esgotam a paciência.
— Desencana, a gente não tem nada melhor para fazer. Anda, me passa outra banana.

40.
Homo sapiens II

Dizem que golfinhos
são os mais inteligentes,
fazem quase tudo
que o homem ensina

É o que dizem por aí,
no Globo Repórter,
repetem e reiteram
sem questionarem.

41.
Bicho de sete cabeças

Reduziram a renda per capita
a um sétimo. Cheia de razão,
a população pediu as cabeças
do Ministro da Fazenda;
cada uma delas um pecado
capital.

42.
Capisce?

Se o animal falasse
o que diríamos?
Haveria resposta para questão
assim incompreensível? Insiste
a primordial resposta do homem:
não, não, não.

43.
Panteísmo menos um

Dentre tudo o que posso, pedem sempre o mesmo: dê a patinha, abane o rabo, finja de morto. Sou capaz de coisas que eles não conseguem imitar e sequer imaginar. Ignoram a minha existência potencial, que vai além do mero raciocínio. Senta, levanta, junto! Meia dúzia de comandos, esse é o máximo que consegui adestrá-los antes que se entediassem. De toda a comunidade animal, são os únicos ainda presos à própria linguagem. Não à toa morrem de solidão.

44.
Hábitos noturnos

Lá está a pantera
confinada num apartamentico
no centro da selva

Nem brava como Rilke
ou triste como a sua poesia, apenas
resignada na cela do dia

Sua natureza a instiga:
dominar os territórios todos
os 34m² de aluguel, sem mais

Como se houvesse só grades na terra
esmorecida resta à pantera
mostrar os dentes à noite

Quando a brecha da pupila se abre
em silêncio a fera sai
num único salto a caçar.

45.
Bancada ruralista

Enfim as terras demarcadas
garantem ao índio a condição
de estrangeiro em sua própria aldeia,
que de própria não tem mais nada
para ele. Invasor
enxotado de lavouras muito ricas,
orgulhos do país, acima de tudo
apropriadas para a produção de cana,
conforme a época,
ou de valas coletivas.

46.
Delação premiada

Primeiro, o juramento. Repitam comigo:

"Vaca amarela
cagou na panela,
quem falar primeiro
come toda a bosta dela."

Muito bem. Declaro aberta a sessão.

47.
Esta é uma história de tourada em que o touro vence

Seria mais exato dizer: o toureiro perde. Uma história rara entre milhares de lugares-comuns; até um escritor da raça de Hemingway comete erros de concordância. A tourada é uma história criada para o homem ser herói, os números não mentem, mesmo quando o enredo parece contradizer as vias de fato. Aqui não poderia ser diferente: o toureiro abatido também será comido pelos ávidos espectadores, que pagam um preço acima da média pelo quilo de tão nobre iguaria.

48.
Devir animal

Num gesto movido pelo horror
de quem perdeu o chão,
o homem mija no poste
Mera tentativa
de se reterritorializar.

49.
A condição humana

A serpente devora a si mesma
num elaborado símbolo que o cão
conhece desde sempre, com seu eterno correr
atrás do próprio rabo.
Que mistério evoca
tamanha ancestralidade?
Não está mais aqui quem perguntou.
É divertido. Basta.

50.
Cadeia alimentar

Somente o homem detém a palavra.

Quando se está diante de um animal que discursa, sabe-se que se trata de um humano, portanto um devorador.

Somente o animal contém a palavra.

Quando se está diante de um homem que rumina, canta ou ulula, sabe-se que se trata de vida nua, digna apenas de ser comida.

51.
Storybird

Um pelicano
contador de prosa
que leva todo mundo
no papo.

52.
Beleza natural

Vem a dondoca ao espelho do banheiro
penteia o ego e se retoca
com o rouge mais certeiro

Vem depois a ariranha, desconfia, rosna com violência
a própria imagem arranha,
puro instinto de sobrevivência.

53.
Adestramento

Eu vi a Salamandra,
cospe fogo como um dragão,
diz o filho
com o fósforo queimado na mão

Então o pai o espanca
não pela fantástica imaginação
mas para que jamais esqueça
a recém-descoberta lição.

54.
Museu da animalização

Onde os animais investigam a própria genealogia para descobrir de que humanidade descendem.

Não deixe de visitar. Emite-se certificado.

55.
Desobediência doméstica

O animal que morde seu dono apanha para aprender o bom comportamento, pois isso não se faz.

Bobagem, ele apenas reafirma seus direitos naturais.

Desobediente de verdade seria o dono que, num ímpeto de bestialidade, abocanharia seus animais de estimação.

56.
Circunflexo

A carne de corte é servida para alimentar a população.

A carne da corte, por sua vez, apodrece à vista de todos, imprestável sequer para alimentar os vermes mais miseráveis.

57.
Unicórnio

Um pônei com tiara de chifrinho
traz bom agouro, acredite
Basta alimentar com o holerite
nosso mais insaciável porquinho.

58.
Zooterapia

Angústia em demasia,
depressão, melancolia,
ansiedade dos novos tempos

A solução foi domesticar uns donos
para terapias nos animais

Os resultados têm se provado
impagáveis.

59.
Profecia

Pronto para o abate, o boi
manifesta um último desejo
de imediato atendido pelo executor
que padece de humanidade

> *Desejo um bocado de carne*
> *para provar que o sacrifício valeu*
> *a pena. Não este que me ocorre agora,*
> *mas o suplício da vida inteira*
> *pastando o capim que o diabo amassou*
> *Tampouco desejo esta carne*
> *que me é semelhante;*
> *peço carne humana tão bem nutrida*
> *às custas das minhas inúmeras mortes.*

O executor puxa lá
a cria de uma qualquer
o facão arranca
um guincho, depois um baço
que o boi mastiga devagar

> *Engulo junto a desesperança*
> *Pode agora continuar o seu trabalho*
> *que essa humanidade ninguém lhe roga*
> *nem lhe tira, morro convicto.*

60.
No palanque

O animal barulha pomposamente,
ouvimos apenas ruído no que ele diz
Como reconhecer seu discurso como reles política?
Pela pompa, evidente!

61.
Canibal geração Z

Come homens e mulheres et cetera
sem qualquer preocupação moral,
apenas nutricional. O sabor,
idêntico ao natural.

62.
Ostentação

Meu outro corpo
é um jaguar.

63.
Asseio

Chego ao guichê para comprar tickets de toalete e me deparo com um atendente que se lambe sem pressa. Centímetro por centímetro, braços, mãos, joelhos, pés. Tem uma elasticidade invejável. Quando, enfim, consigo meus bilhetes, a bexiga dominou corpo e mente. Persigo seus desejos com passinhos apertados. Ela vence o páreo, que termina num jato contínuo a centímetros do vaso sanitário, paredes e piso, incontrolável. Desnecessário puxar a descarga. Por recusa àquele soprador irritante, enxugo as mãos nas bordas da camisa. Na volta, fila extensa na bilheteria. O atendente tem as pernas para cima, lambe-se entre a coxa e o sexo. No chão, atrás dele, uma caixa de areia grande demais para um gato. Nenhum dejeto na superfície.

64.
O fascistinha

Absurdo! Absurdo! É seu canto de acasalamento. Gestor da verdade no mundo animal, nutrido pelas melhores intenções, vive a devorar vítimas menores. Sua fisionomia não é de todo estranha, vejam só. Onde? A jaula está vazia! Não senhor, não senhora, digníssimos. Todos os visitantes fazem a mesma pergunta. É quase impossível enxergar o fascistinha de noite e também de dia, o esforço é sobre-humano. Nossos olhos não se põem à distância necessária. Mas notem: a jaula está ali, ali e ali, bem distribuída em todo o nosso redor. Hora ou outra ele há de se mostrar.

65.
Teleco

Para Murilo Rubião

Em nosso Centro
de Psicanálises Biológicas
há uma criança
num vidro de formol.

Quem teria sido?

66.
Frio

Um homem primitivo e seu porco dormiam abraçados quando morreram sufocados com a fumaça da lareira. A descoberta das ossadas deu origem a diversas teorias sociológicas, etnográficas, psicanalíticas, sexológicas, evolucionistas, revolucionárias etc., todas devidamente embasadas em fatos científicos. Fatos: 1) um homem dormia junto com um porco; 2) fazia frio.

67.
Língua presa

Um pássaro estrangeiro pousou numa das barras da jaula onde vivia a paca. Disse ter viajado o mundo, portanto não compreendia como aquela criatura pacata aceitava tamanha restrição. Esta não soube responder. Pois naquela jaula jamais ouvira tal palavra: restrição?

68.
Instinto empreendedor

Ousado, o leão
deixou sua savana natal, foi à cidade
tentar a vida como domador de homens

Morreu jovem, de tédio.

69.
Manada

Um súbito grito de Ôôa!
se abate sobre a humanidade,
rebaixando-a do suposto topo da cadeia
a conformada criação de corte

É chegada a hora de parar.

70.
A loja de suvenires do parque

Rabo de cavalo

Boca de lobo

Olho de peixe

Percevejos

Jararaca

Gatos (para instalações elétricas, telefone ou TV por assinatura)

A pulga atrás da orelha

Bico de papagaio

Mouse

Bicho de pé, Vaca preta, Bolo formigueiro, Rabo de galo

Olho de gato

Dentes humanos avulsos (somente caninos)

Pé de pato

Amigo da onça

Macaco hidráulico, Parafuso borboleta, Pé de cabra, Pó de mico, Enforca gato, Tripa de mico

Pau de arara

Asa de xícara

Orelha de burro

Pata-de-vaca, Dente de leão, Barba de bode

Galo (para cabeças em geral)

Lobo do mar

Bafo de onça

Abraço de urso

Canguru (mamãe de gêmeos tem desconto)

Olhos de lince

Espírito de porco

Cor de burro quando foge

Bico do corvo

Minhocas na cabeça

Boi na linha

Mata-piolho

Arara de roupas

Rabo de peixe (ano 1964, modelo 1965)

Bode expiatório

Mão de vaca

Sangue de barata

Passarinho verde

Boi de piranha

Bicho-grilo

Balaio de gato

Escada caracol

Tartaruga

Cabra-cega, Jogo do mico

Buraco de minhoca

Pé de galinha

Pé de coelho

Relógio-cuco

Conversa para boi dormir

Panteão

Bestiário

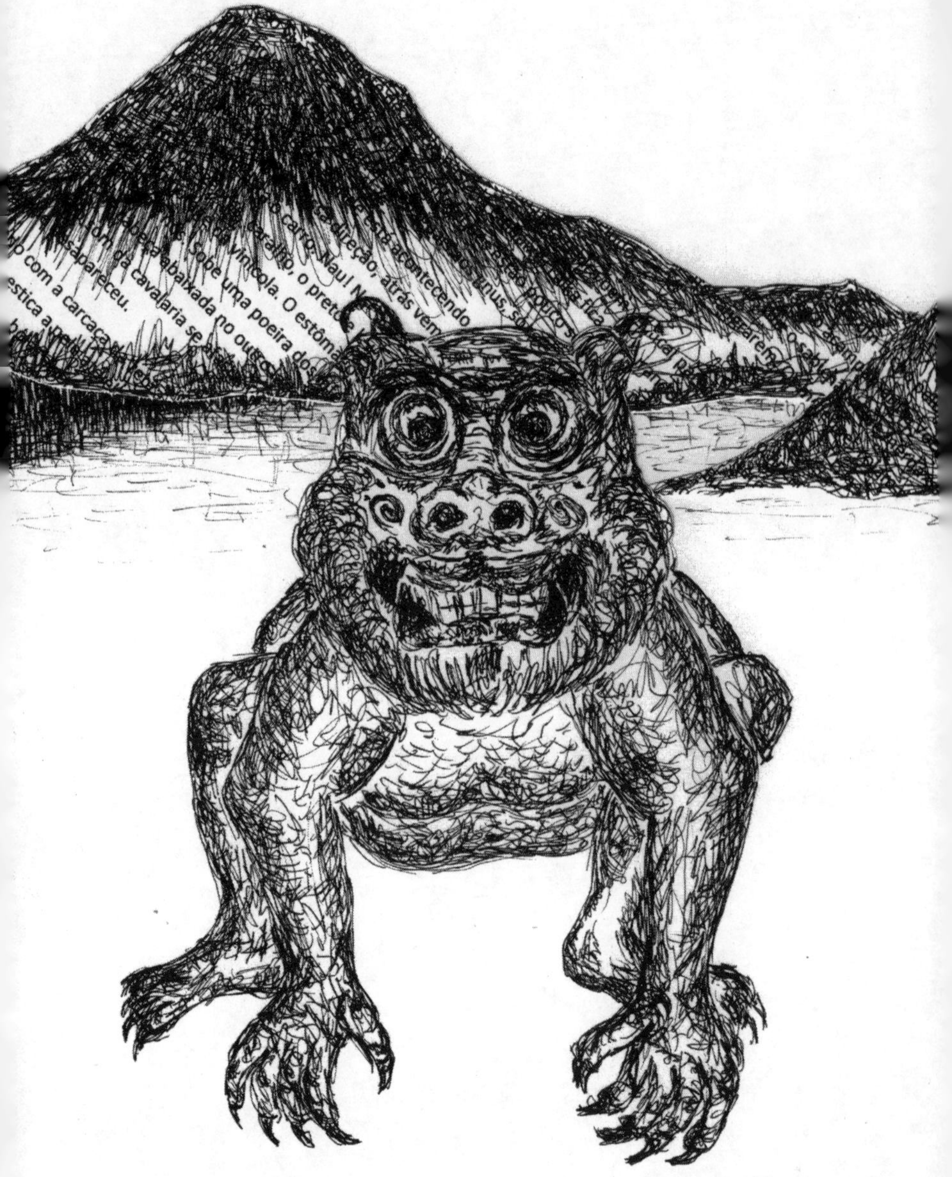

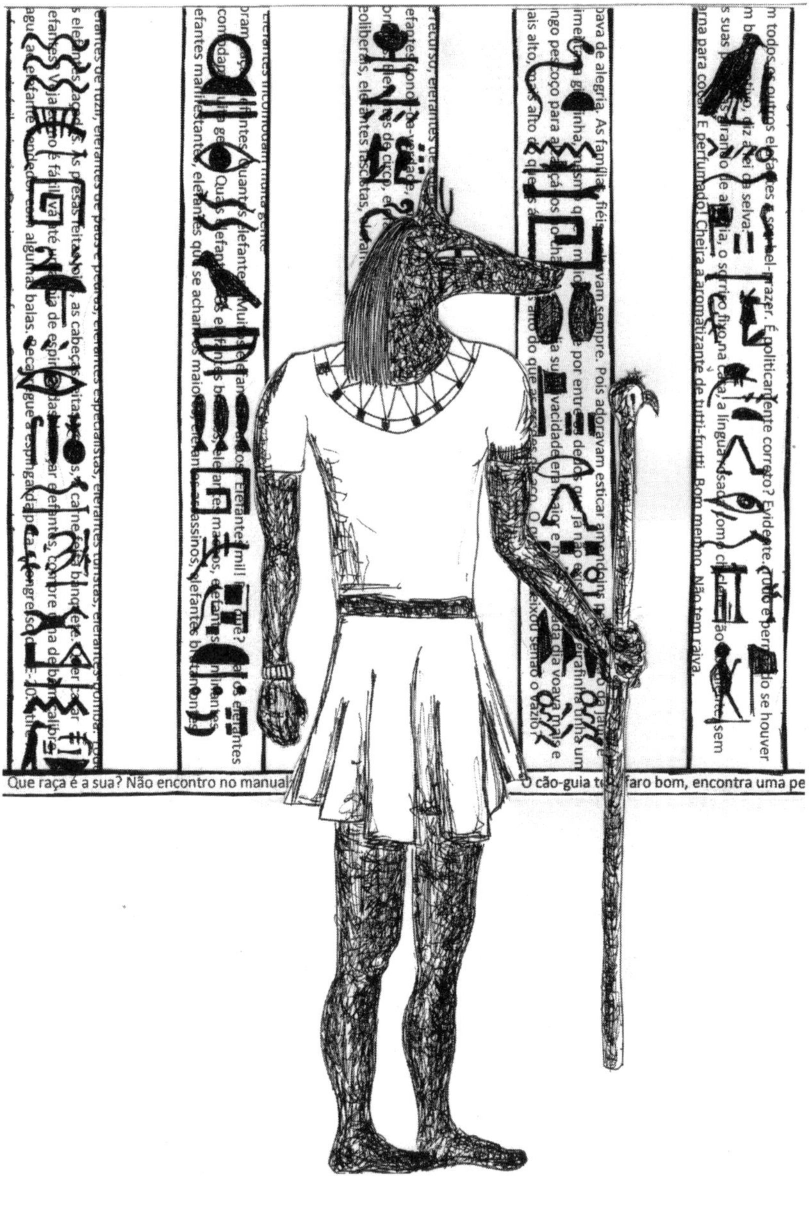
Que raça é a sua? Não encontro no manual

uma espécie de boca de caverna, a cara e deixa de traduzir. Foda-se. próprio, tradições mitológicas. Historinhas para boi dormir voros, só que não têm paciência para ouvir a resposta e se como se tivesse se interessado por outra coisa. Nosso guia diz que vai

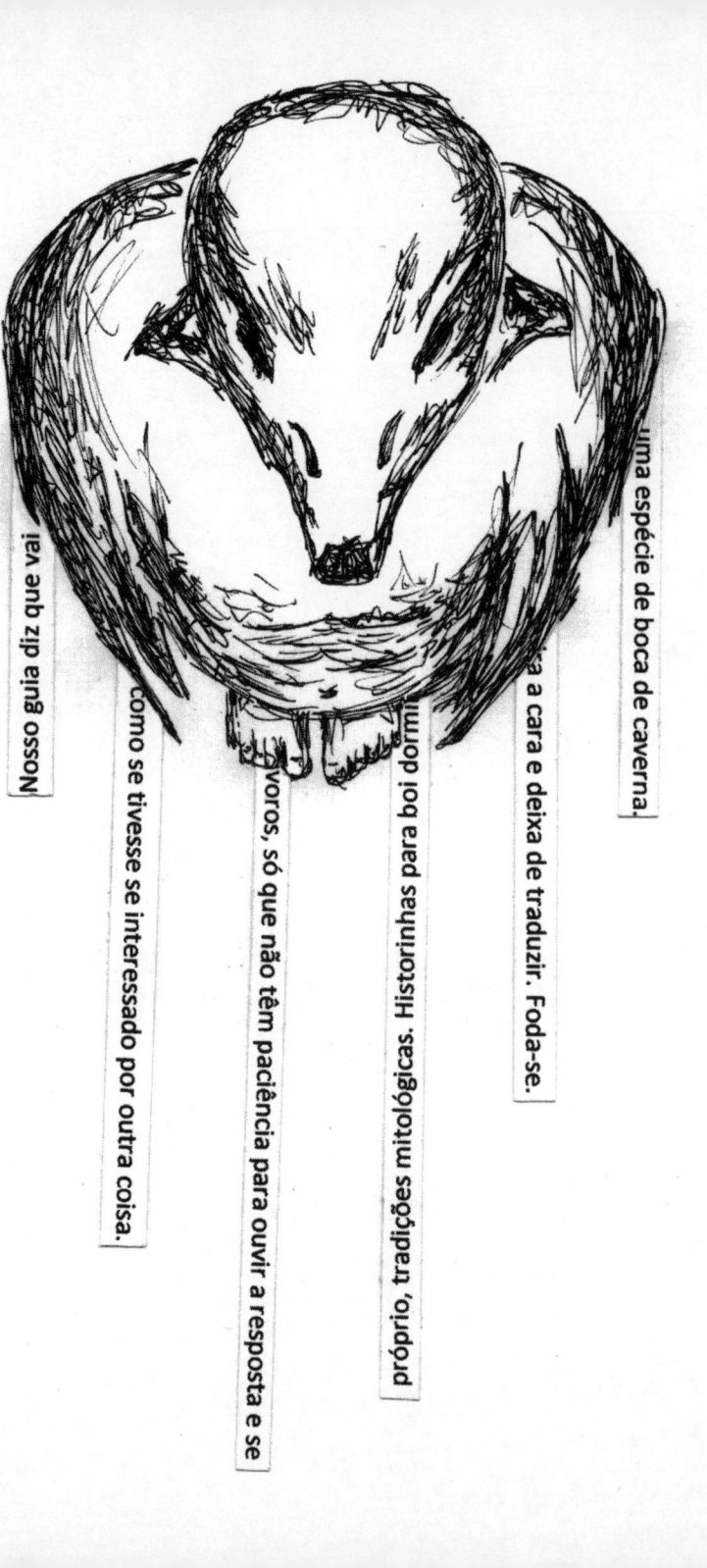

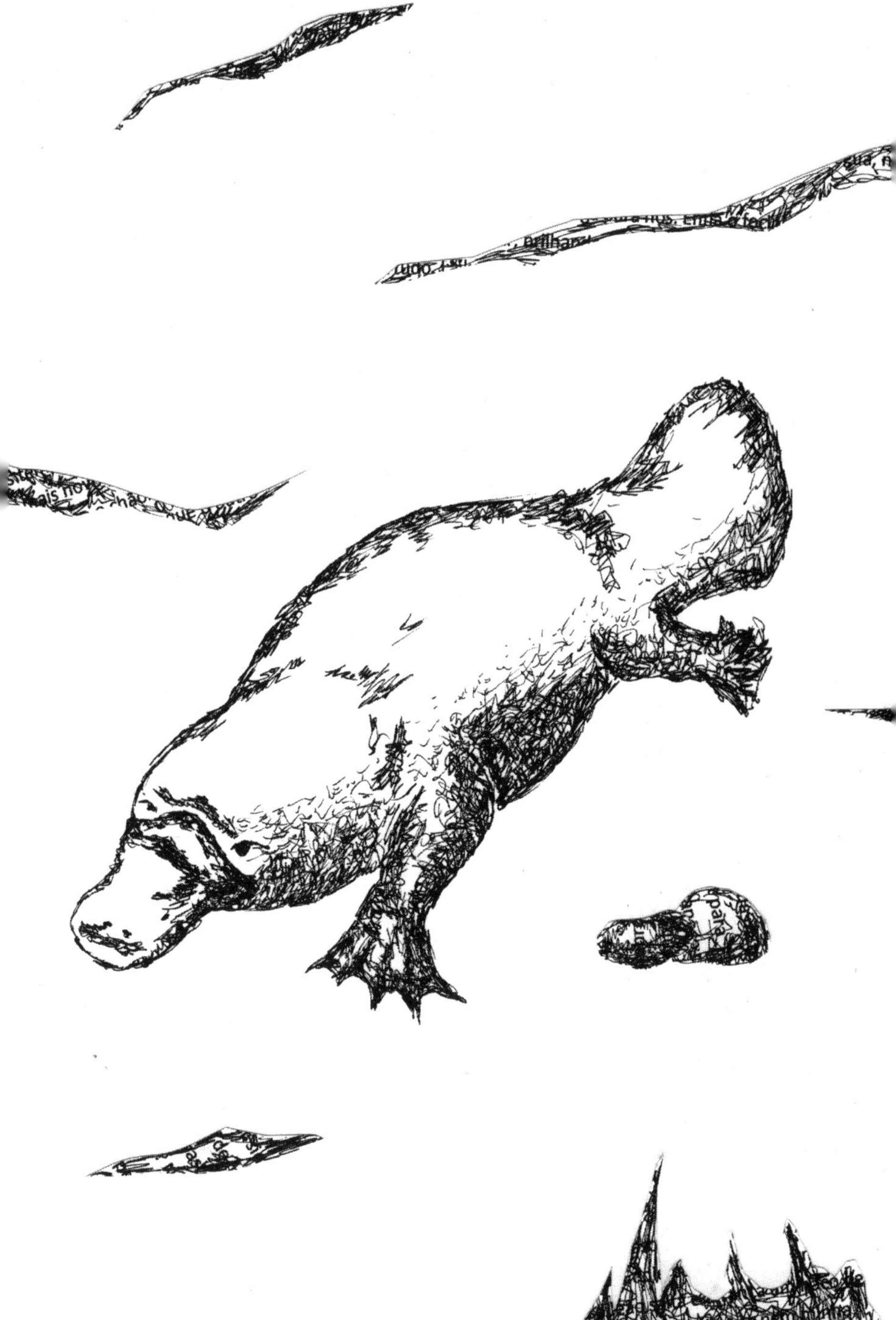

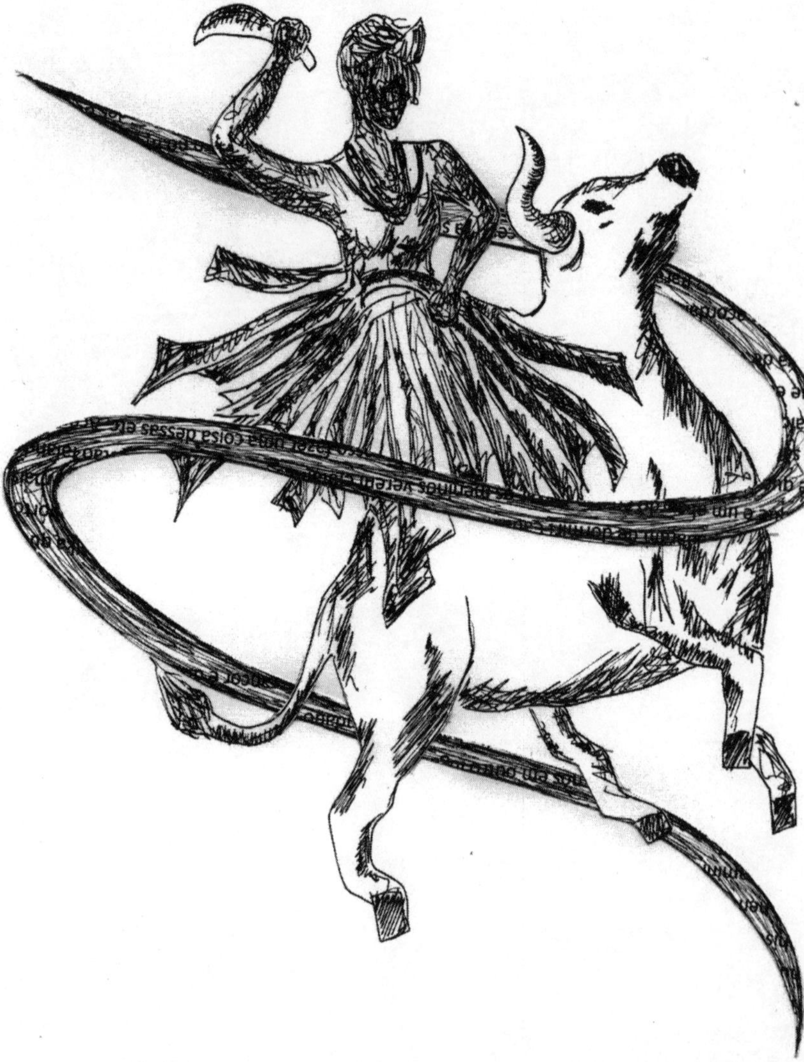

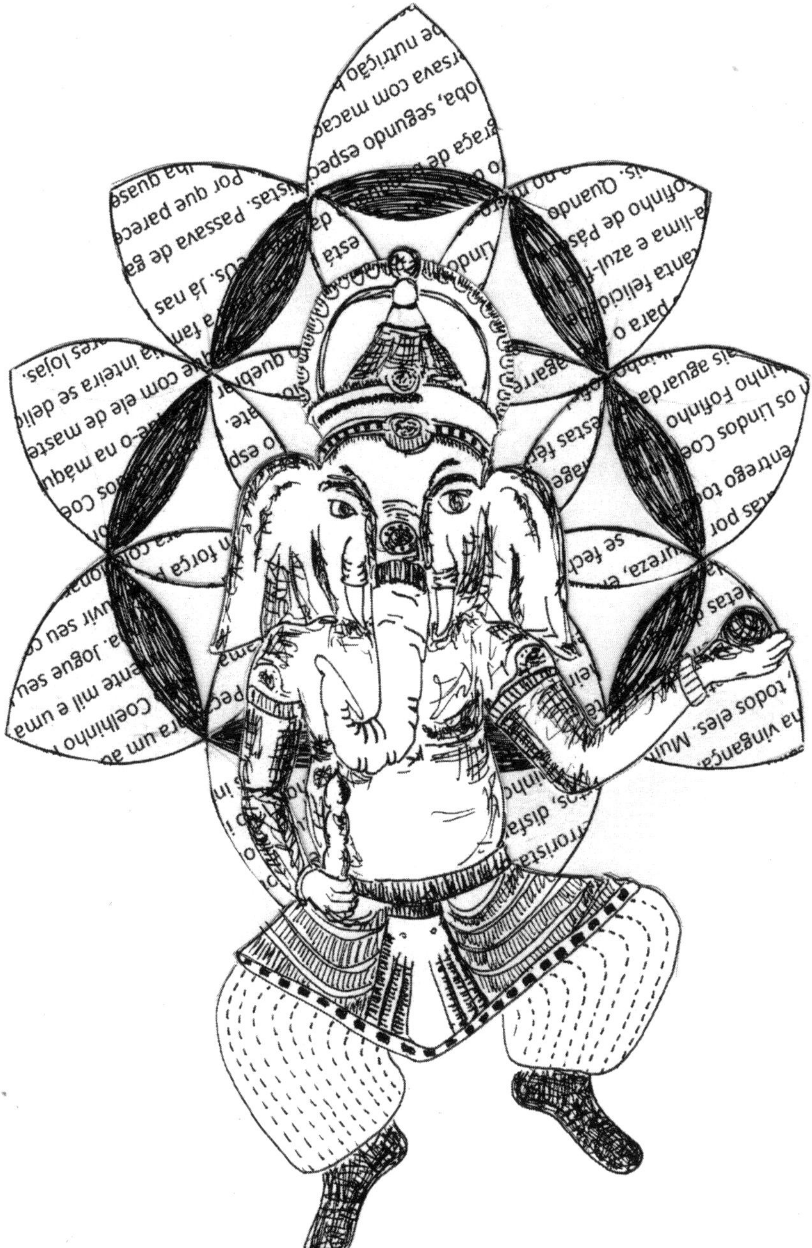

isabela era, pião qualq...
pareçem, cavalos feios, ca... repete. Ela fa...
no celular para fot... escapa por entre...
cotelas. Que porra v... fazendo? Os dois voltam a...
...rnas e cabeça e outro to... ngo. O choro dura meio segundo. Se...
na direção dos bichos, agora apontando o celular de Laika e fazendo...
disparada. Ela resmunga qualquer coisa sobre ela v... bem na prese...
calar a porra da boca antes que espantem os grilos. À merda v... pto...
Sueli ligar à noite e não conseguir falar.

Pergunto se os animais têm medo dos humanos. Eddie responde que o medo deles é uma reação
passageira, que eles logo esquecem. Ao contrário dos humanos, que têm medo o tempo todo. Param...
margem de um lago para almoçar. Eddie se acomoda debaixo de uma árvore mais distante, puxa de u...
daqueles bolsos um planeta cheio de cobras e lagartos e monstros, então fica contando, segundo el...

Risco de extinção

Era para ser uma viagem de dormir e transar. Sueli queria levar os moleques à praia, na casa do namorido. Praia? Eles vão é para a África! A desgraçada ganhou o jogo. Vaca filha de uma puta. Está lá na praia, dormindo e transando, e eu tentando apartar a rinha no lounge do hotel. Nem fizemos check-in e os dois já se engalfinharam; a conversa sobre comportamento não cruzou a fronteira junto com a gente. E eu achei que precisava vir até aqui para ver selvagens. Bastava a cabeça solta num boneco de Thundercats. Eu aponto, gesticulo, assino aqui? Laika, em vez de ajudar, fica olhando anúncios de pacotes turísticos. Tá na cara que a recepcionista me acha um idiota. E puta que pariu, é bonita a desgraçada. Odeio mulher bonita que me acha idiota. Calem a boca os dois! Dá essa merda de boneco aqui, a gente vai resolver isso lá em cima. Nem mais um pio!

Laika quer ver bichinhos no Safári. Os moleques querem caçar elefantes. Eu só quero encher a cara na vinícola mais próxima, e é para lá que vamos porque quem manda nesta porra sou eu.

A tonta ficou emburrada porque falei qualquer coisa sobre a recepcionista. Que estou estragando sua primeira viagem em família etc. À puta que pariu, a família é minha, não estou estragando merda nenhuma, já veio assim. Agora fica aí, postando foto de biquíni na África, como se fizesse diferença mostrar os peitos aqui ou na Praça da Sé. Pelo menos que a Sueli veja, seria bom para amenizar a ressaca. Os moleques brigando de novo, caralho, consigo ouvir daqui. Vão espantar os hóspedes da piscina. Já falei que ninguém vai caçar elefante porra nenhuma. O arrependimento quica na minha cabeça como bola de tênis na final de Roland Garros. Que o mergulho frio ajude.

Passo o resto da tarde naufragado em lençóis. Eles têm um cheiro exótico. Quando desço para jantar, Laika está de papo com um cara. Agarra ele pelo braço e vem me apresentar como se tivesse comprado um par de sapatos: Eddie Hound, nosso guia para o safári de amanhã. Que a filha da puta contratou sem me consultar. Terminou de falar e ainda não o largou. Que merda. Ela traduz para o cara. Ele sorri e agradece.

Vim fugir dos problemas, não procurar mais, tá pensando o quê? O telefone toca na hora da sobremesa, Sueli quer saber dos moleques. Mando eles calarem a boca e se explicarem para a mãe. Ficam mansinhos, até balançam a cabeça, concordando. Deve ter prometido presentes, a filha da puta está transformando os dois em mimadinhos, era só o que me faltava. Pego o telefone e Sueli solta os cachorros em mim, como se eu tivesse culpa de qualquer coisa, ela não faz ideia do que está acontecendo aqui. Laika não para de tagarelar sobre girafas e gnus e do leão que uns hóspedes viram no safári de hoje e que a gente precisa procurar amanhã porque eles não costumam andar muito longe de um dia para o outro etc. Pelo menos está animadinha de novo. Espero que dure até os moleques terem dormido.

Saída às 6h, não me deixou nem tomar café da manhã, o filho da puta. Coletinho cheio de bolsos, escopeta a tiracolo. Eu é que deveria estar sorrindo assim, se os moleques deixassem. Perguntam se aquela arma mata elefantes. Vamos até o mapa emoldurado no lounge. Turistas estiveram aqui, ali, acolá. Viram um grupo de hienas aqui, crocodilos, umas aves de nome estranho. Não entendo porra nenhuma do que você fala, otário. Ele aponta no mapa com o cano duplo da escopeta para mostrar que entende do assunto, como se fosse grande coisa. Ok, ok. Passamos em frente ao balcão, quero saber se a recepcionista cheira como os lençóis. Ela deseja um bom passeio sem tirar a cara do computador. Faz um desenho comprido com a maquiagem, os olhos felinos. Ela, sim, traria algum prazer a esta merda de viagem. Maldita a hora em que topei o safári, podia ficar no hotel e quem sabe.

Elefantes africanos são bravos, mansos são os indianos. Os moleques querem saber quantos tiros precisam dar para matar um. Não podemos caçar elefantes, explica o cão-guia. Eles estão em extinção. Tá, tá, mas quantos tiros? Mais de oito? Laika tenta domar os cabelos enquanto o jipe acelera pela estrada de terra. Toda a poeira da África voa na direção da capota aberta, que solavanca como se encarnasse a urucubaca numa dança tribal. As celebridades não postam fotos disso, né? Laika finge não ouvir, ainda está puta com a história de ontem. Mulher demora para esquecer. Os moleques, pelo contrário, pulam juntos no banco que nem pipoca doce, riem, chegam até a parecer gente de verdade. Quero ver quanto tempo dura; é um longo caminho até a primeira parada.

O jipe derrapa e estaciona próximo a um amontoado de arbustos. Devemos encontrar hienas por aqui. Com certeza estão rindo de nós em outro lugar. Puxo Laika de canto e digo que nosso guia é uma fraude. Ela argumenta que Eddie Hound foi muito bem recomendado pelo hotel, e que só ele leva turistas para ver o que é proibido por lei. Quem recomendou? Laika me olha com rancor e diz, simplesmente, "o hotel, tá legal?". Hienas, é? Só na sua ingenuidade. E no papo-furado do cão-guia.

Uma hora depois avistamos elefantes. Eddie Hound diz que descer do carro é perigoso. Laika quer acordar os moleques, que estão largados no banco de couro puído feito bagagem em esteira de aeroporto. De jeito nenhum, eles acabaram de dormir! Cada minuto de sossego vale mais do que marfim. Ela fica mais puta ainda, que é um absurdo eu não deixar os meninos verem elefantes de verdade, eles estão falando nisso desde que chegaram etc., uma manada inteira, eu não posso fazer uma coisa dessas etc. Acontece que os filhos são meus, quem manda nesta porra sou eu e ponto final. Qualquer zoológico decente tem elefante, ou qualquer circo, por mais medíocre que seja. Quando o jipe acelera de novo, Laika quer saber a última vez que eu levei os moleques ao zoológico. Ou ao circo. Sorte dela é que é gostosa, senão descia aqui e camelava de volta sozinha até o hotel.

Os moleques acordam trocando tapas. De novo o boneco dos Thundercats. Por que Sueli compra esses brinquedos idiotas? Para criar mimadinhos! Laika pula para o banco da frente e fica de conversa fiada com o guia. No meio da briga, não consigo ter certeza sobre o que tanto falam. Ela ri com frequência, eu não entendo, ele mostra os dentes, a merda começando a cheirar. Essa estrada não acaba nunca, é uma reta direta para o meio do inferno. Por um momento o vejo pegando Laika de quatro no meio dos lençóis zebrados do hotel, ela goza alto como uma girafa, os dois suados, eu estou atrás das grades de uma jaula imensa, largado sob o sol da savana, e ali ao longe ouço seus gemidos.

Já? O quê? Laika me cutuca para dar o recado: Eddie falou que estamos perto de onde os leões foram avistados ontem. Ainda está sentada no banco da frente. Quem viu? Hóspedes do hotel. O carro desacelera, o cão-guia aponta adiante. São leões? Laika diz que são gnus. Chegamos mais perto devagar, parecem cavalos feios. São gnus, repete. Eu já entendi, cacete. Parecem cavalos feios. Os moleques catam meu celular para fotografar, ele escapa por entre suas quatro patinhas ansiosas e se estilhaça nas pedras do chão. Que porra vocês estão fazendo? Os dois voltam a brigar, pego o boneco do Thundercats, arranco pernas e cabeça e atiro tudo longe. O choro dura meio segundo, os dois já estão pendurados mais uma vez na direção dos bichos, agora apontando o celular de Laika e fazendo estampidos com a boca a cada foto disparada. Ela resmunga qualquer coisa sobre palavrões na presença de crianças. Eu mando todo mundo calar a porra da boca antes que espantem os gnus. A merda vai pro ventilador é quando a filha da puta da Sueli ligar à noite e não conseguir falar.

Pergunto se os animais têm medo dos humanos. Eddie responde que o medo deles é uma reação passageira, que eles logo esquecem. Ao contrário dos humanos, que têm medo o tempo todo. Paramos na margem de um lago para almoçar. Eddie nos leva até debaixo de uma árvore mais distante, puxa de um daqueles bolsos um livreto cheio de figuras de monstros, então fica contando, segundo ele próprio, lendas e tradições mitológicas. Historinhas para boi dormir. Laika vira a cara e deixa de traduzir. Foda-se. Os moleques perguntam sobre animais carnívoros, só que não têm paciência para ouvir a resposta e se atracam e rolam pelo chão empoeirado, fingindo a batalha entre o tigre e o leão. O guia acha graça do meu fracasso como pai, criando duas bestas como essas. Mal sabe ele que quase não tenho participação, a culpa é toda da mãe e do seu namorido caiçara. Veado. Tivessem crescido na cidade grande, a coisa seria diferente. Eu ensinaria um mínimo de civilização para eles.

Desço sozinho até a beira da água. Um crocodilo dá o bote a poucos metros de mim, abocanha um bicho peludo e rodopia com ele para o fundo. Puta que pariu! Puta que pariu! Corro de volta para o acampamento. Vocês viram? Achei que você tinha caído no lago, diz Laika. Aqui não tem crocodilos, diz o sabichão. Que merda era aquela, então? Eles riem. Tenho vontade de socar os dois. Socar até sangrarem. Os moleques rolam de novo pelo chão, agora imitando crocodilo contra bicho peludo.

A parada seguinte é no alto de um rochedo, onde uma pedra bem vertical parece ter sido fincada na terra por um gigante. Um monte de zebras pasta lá embaixo. Laika fica procurando sinal de internet para transmitir ao vivo nas redes sociais. Os moleques estão pouco se lixando para zebras. Eu permaneço com as mãos no bolso. Grandes merdas, são iguais aos gnus, só muda a cor. O que foi? Não são?

Percebo que alguma merda grande está acontecendo quando o guia tira a escopeta do ombro. As zebram correm desgovernadas em nossa direção, atrás vem um leão. Laika grita, Eddie pula na frente e manda todo mundo de volta para o carro. Nau! Nau! Vejo direitinho quando o leão salta e arranca um naco de pernil de uma das zebras, caralho, o preto e branco fica vermelho na hora, ensopado que nem minha camisa com o pinotage da vinícola. O estômago dá um pulo, não dá mais tempo, a manada corre à nossa volta e através de nós. Sobe uma poeira dos infernos. Agarro o moleque mais novo pelo pescoço e o mantenho de cabeça abaixada no outro lado do carro. A lataria treme junto com o chão. Depois se acalma, enquanto o som da cavalaria se afasta. Quando a poeira finalmente dá uma trégua, noto que o outro moleque desapareceu.

Ocupado com a carcaça da zebra, o leão nem liga para nós. Enfia o focinho no prato fresco e fica vermelho também, estica a pele até ela se rasgar, brilhando contra o sol, e mastiga devagar. Come sozinho, apreciando a boia, o sortudo. Laika mantém os olhos bem abertos, sem piscar. Vai saber que caralho está passando na cabeça dela agora. O cão-guia fala, gesticula, eu não entendo porra nenhuma. Cadê o meu moleque? Cadê o meu moleque?

O plano é: descer a colina no lado oposto, seguindo a rota de fuga das zebras, e procurar entre as pedras, talvez ele tenha corrido para lá. Ou sido arrastado. O rochedo segue até onde os olhos podem alcançar, nenhum rastro de sangue, o moleque pode estar em qualquer canto. Nós ficaríamos no carro. Nem a pau, Sueli me comeria o fígado. Ao menos o outro moleque está vivo para testemunhar a meu favor. Mando engolir o choro, preciso botar ordem na casa. Vamos juntos! Aponto para todos nós, traçando um círculo no ar. Eddie Hound concorda com a cabeça, assopra o indicador, pedindo silêncio, e chama para caminharmos atrás dele. Desce com a escopeta empunhada. Nós o seguimos em fila indiana, ele, eu, o moleque mais novo; Laika vem por último, quase que por inércia, passando as mãos nos olhos e conferindo se a maquiagem borrou.

O cão-guia tem faro bom, encontra uma pegada de tênis entre milhões de cascos de zebra. Perde e reencontra o rastro, agora é questão de tempo. Como é que ele pôde andar tão longe? O irmão agora acha graça, como se brincasse de esconde-esconde no meio do deserto. Herdou a estupidez da mãe, só pode.

Paramos. Eddie Hound pede para aguardarmos num canto, diz que é perigoso. O rastro do moleque se distancia do das zebras, como se tivesse cansado de perseguir aquelas pegadas, e continua sozinho até uma espécie de boca de caverna. Ou como se tivesse se interessado por outra coisa. Nosso guia diz que vai sozinho. Empurro sua argumentação para o lado e corro naquela direção. Ele vem atrás, determinado, gritando qualquer coisa. Laika e o moleque remanescente vêm também.

Cheiro de fumaça. Faz calor dentro da caverna. Aos poucos os olhos se acostumam com a escuridão. Vejo silhuetas se moverem na parede adiante, marcadas pela luz trêmula da fogueira. Parecem pilares que dançam devagar. Dou a volta, lá está o moleque, vivo. E ao redor dele uns bichos que demoro para reconhecer. São homens nus. Mas que caralho. Mulheres também, e crianças e velhos. Uns vinte no total, todos pelados, os cabelos emaranhados. Dois deles tentam enxotar o meu moleque, os demais escondem o rosto, e o filho da putinha corre atrás deles, rindo e pisando em seus pés. Vem cá, moleque! Deixa os primatas em paz. Vem pra cá agora!

Ao meu lado, Eddie Hound apoia a escopeta no ombro e mira na direção da tribo. O encapetado do meu moleque corre entre eles, tocando o terror. Um dos pelados, que parece o líder, tenta afugentá-lo sem sucesso. Tem uma lança na mão. O cão-guia continua a fazer mira. Eu me pergunto qual é a necessidade de fazer essa cena toda. E que caralho de lugar é esse? Uma civilização aborígene perdida no meio do nada? O tal líder se vira para nós e levanta as mãos como se pedisse clemência. E fala. Ele fala algo em outra língua, e soa como se pedisse desculpas. E ele fala o nome do guia, Eddie, isso eu entendo direitinho.

Eddie Hound ouve o lamento e atira, e o barulho do tiro se amplia nas paredes de pedra ao ponto de parecer uma bomba atômica. Meu moleque desaba no chão. Vejo pedaços do seu crânio voarem até o pé da fogueira. Agora meus ouvidos zunem como se fossem saltar para fora das orelhas, os outros homens da caverna também levam as mãos aos ouvidos, desviam os olhos, ouço apenas um apito agudo e impossível, como se enfiassem uma broca de furadeira em meu cérebro. Então Eddie gira no lugar e dispara de novo. Sinto o impacto na barriga e vou ao chão, minhas pernas não obedecem mais. Meu outro moleque, o mais novinho, tenta correr e é derrubado com um pontapé. Eddie esmaga sua cabeça com a coronha da arma. Laika está de joelhos, as mãos unidas na frente do queixo, ela treme mais agora do que quando brigava com os cabelos na estrada de terra. Implora sem voz. A luz do celular faz brilharem as lágrimas que descem de seu rosto enquanto nosso cão-guia abre a escopeta ao meio, batendo-a contra o joelho dobrado, faz caírem os dois cartuchos vazios e pega outros dois no seu coletinho cheio de bolsos. Era para ser uma viagem de transar e dormir. Que merda, Sueli. Eddie fala qualquer coisa, vejo sua boca se mexer, penso nos elefantes africanos, impossíveis de montar de tão bravos que são, o barulho do tiro é ainda mais alto do que o zunido sem fim que me ataca os ouvidos, quantos tiros para matar um elefante? O volume diminui, a caverna fica ainda mais escura, algum selvagem idiota deve ter apagado a fogueira.

Os portões se fecham
minutos antes
de vocês saírem.

Enfim.

Bibliofagia

Giorgio AGAMBEN. O aberto: o homem e o animal.

John BERGER. Os animais como metáfora.

Jorge Luis BORGES. O livro dos seres imaginários.

Wilson BUENO. Jardim zoológico.

Wilson BUENO. Cachorros do céu.

Albert CAMUS. A peste.

Carlo COLLODI. Pinóquio.

Julio CORTÁZAR. Bestiário.

Charles DARWIN. A origem das espécies.

Fernand DELIGNY. O aracniano e outros textos.

ESOPO. Fábulas.

Evandro Affonso FERREIRA. Grogotó!.

Sigmund FREUD. O homem dos lobos.

Sigmund FREUD. O homem dos ratos.

Jacob GRIMM e Wilhelm GRIMM. Contos maravilhosos infantis e domésticos.

Franz KAFKA. A metamorfose.

Ernst HEMINGWAY. O velho e o mar.

Rudyard KIPLING. O livro da selva.

Clarice LISPECTOR. Laços de família.

Maria Esther MACIEL. Literatura e animalidade.

Maria Esther MACIEL (org.). Pensar/escrever o animal: ensaios de zoopoética e biopolítica.

Bruno MASSUMI. O que os animais nos ensinam sobre política.

Herman MELVILLE. Moby Dick.

Michel MONTAIGNE. Da crueldade.

Augusto MONTERROSSO. A ovelha negra e outras fábulas.

George ORWELL. A revolução dos bichos.

Charles PERRAULT. Contos e fábulas.

Guimarães ROSA. Meu tio o iauaretê.

Jacques ROUBAUD. Os animais de todo mundo.

Natsume SOSEKI. Eu sou um gato.

Art SPIEGELMAN. Maus.

Veronica STIGGER. Onde a onça bebe água.

Jonathan SWIFT. As viagens de Gulliver.

Gonçalo M. TAVARES. Animalescos.

Olga TOKARCZUK. Sobre os ossos dos mortos.

Bill WATERSON. Calvin & Haroldo.

Riso nervoso de despedida.

Um abanar de rabo para

Nelson de Oliveira, o primeiro a gorjear com a ideia deste livro e incentivar sua escrita. Logo depois, Paula Fábrio quis saber por que eu me punha a criar estes textinhos vira-latas, fazendo-me perceber que assim, seguindo meus instintos, eu me divertia. Ainda não tive oportunidade de conversar com Maria Esther Maciel, mas devorei seus livros, artigos e projetos de pesquisa sobre literatura e animalidade, que me apresentaram um hábitat complexo, intrigante e repleto de trilhas alternativas. Gisele D. Asanuma transformou imaginações em imagens de papel e osso. Davi Araújo me indicou suculentas leituras complementares. O coletivo Discórdia, como sempre, acreditou no projeto ainda sentindo apenas o seu cheiro, e Alex Xavier, Dani Rosolen e Filipe Souza Leão seguiram o rastro comigo, cavoucaram mais a fundo e me ajudaram a encontrar preciosas trufas. Nathan Magalhães e a equipe da Moinhos acolheram este projeto entre uma ninhada de centenas enviadas durante a Chamada de Originais da editora. Juliana Livero Andrucioli, com muito amor, cuidou da toca e da cria enquanto eu demarcava estes territórios literários. Minha família, por sua vez, sobreviveu às seleções natural e desnaturada, fazendo-me grato desde sempre. Não bastassem eles todos, houve também os inúmeros e imemoráveis contos, fábulas e historietas com bichos que me amamentaram e, ao longo da vida selvagem, tanto me ensinaram sobre a humanidade.

Este livro foi composto em ITC Berkeley Oldstyle Std no papel Pólen **Bold** para a Editora Moinhos.

*

Era março de 2021.
O Brasil diariamente batia recordes em mortes causadas por Covid.